D1029315

A
Rookie
reader®
español

Dos pies suben, dos pies bajan

**Escrito por
Pamela Love**

**Ilustrado por
Lynne Chapman**

Children's Press®
Una división de Scholastic Inc.
Nueva York • Toronto • Londres • Auckland • Sydney
Ciudad de México • Nueva Delhi • Hong Kong
Danbury, Connecticut

A mis abuelos, Russell y Agnes Cushman y Ray y Meta Gibson.
—P.L.

Para Talia y Melissa
—L.C.

Consultores de lectura

Linda Cornwell
Especialista de lectura

Katharine A. Kane
Consultora de educación
(Jubilada, Oficina de Educación del Condado de San Diego
y de la Universidad Estatal de San Diego)

Traductora
Eida DelRisco

Información de Publicación de la Biblioteca del Congreso de los EE.UU.

Love, Pamela.
   [Two feet up, two feet down. Spanish]
   Dos pies suben, dos pies bajan / escrito por Pamela Love; ilustrado por Lynne Chapman.
     p. cm. — (A rookie reader español)
   Resumen: En este cuento en rima, una niña describe cómo salta la cuerda.
   ISBN 0-516-25252-6 (lib. bdg.)   0-516-25532-0 (pbk.)
   [1. Saltar cuerda—Ficción. 2. Materiales en idioma español. 3. Cuentos en rima.] I. Title: 2 pies
suben, 2 pies bajan. II. Chapman, Lynne, 1960- ill. III. Título. IV. Series.
   PZ74.3.L68 2005
   [E]—dc22

2004017015

Dos pies suben.

Dos pies bajan.
Salta que te salta
y nunca se cansan.

Salta solita.

Salta con amigos.
Hay una en el medio
y uno en cada extremo.

Da vueltas a la cuerda.
Mírala girar.

Yo salgo de un salto.
¿Quién quiere entrar?

Salta adentro.

Salta afuera.

Salta en el parque,
sobre en la arena.

Salta con un pie,
salta con los dos.

¡Saltemos la cuerda sólo tú y yo!

Un salto de canguro
y un salto de rana.
¡Nos divertimos con
muchas ganas!

Traigo una cuerda.

¡Salta tú
también!

En el aire y en el suelo.

Dos pies suben,
dos pies bajan.

Lista de palabras (57 palabras)

a	da	los	rana	te
adentro	de	medio	salgo	traigo
afuera	divertimos	mírala	salta	tú
aire	dos	muchas	saltemos	un
amigos	el	nos	salto	una
arena	en	nunca	se	uno
bajan	entrar	parque	sobre	vueltas
cada	extremo	pie	solita	y
canguro	ganas	pies	sólo	yo
cansan	girar	que	suben	
con	hay	quién	suelo	
cuerda	la	quiere	también	

Acerca de la autora

Pamela Love se graduó de la Universidad de Bucknell. Su primer libro fue publicado en el año 2002. A éste le siguieron muchos cuentos y poemas que han aparecido en revistas como *Ladybug, Pockets, Humpty Dumpty's Magazine*, etc. Vive en Maryland con su esposo, Andrew, y su hijo, Robert. Por alguna misteriosa razón, compró una cuerda para saltar después de haber terminado este libro.

Acerca de la ilustradora

Lynne Chapman vive en Sheffield, Inglaterra. Ha sido ilustradora por más de 20 años, pero se ha especializado en libros para niños hace sólo seis años. Cuando no está en su mesa de dibujo, le gusta caminar por los páramos cerca de su casa, tocar boogie-woogie en el piano, revolver en librerías de uso y comer platos picantes con curry.